나는 _____
밤의 _____
청소부입니다

나는 _____
밤의 _____
청소부입니다

김영빈 지음

쌤앤파커스

자꾸만 눈에 밟히는 문장 하나

원치 않은 결과는 항상 쉬운 방법을 선택했기 때문이었습니다.

그래서 깨달은 바는 '쉬운 것과 어려운 것 중에서

쉬운 것을 택하지 않아야

만족스런 결과를 얻을 수 있구나'였습니다.

다시 말해 동일한 조건이라면 어려운 일을 선택하는 것이

신상에 좋다는 말입니다.

푸른 산 빛이 먹색으로 변하면

가방을 둘러메고 출근을 합니다.

전철 역사를 미화하는 야간 청소부가 제 직업입니다.

2019년 10월부터 치른 체력검사와 면접을 통해

이듬해 1월 메트로 환경에 입사했습니다.

경쟁률이 무려 9대 1이었습니다.

일이 힘들고 관계가 어려울 때마다 생각합니다.

저 때문에 떨어진 사람들을 무색하게 할 수는 없다고.

그렇다고 제가 9명 몫의 일을 하는 건 아닙니다.

주어진 일을 하는 데 스스로 부끄럼이 없도록

노력할 뿐입니다.

하지만 일보다 어려운 것은 역시 인간관계입니다.

사람들은 일이 힘들어서 그만두기보다

위로를 받지 못해서 그만둡니다.

그러니 사람이 문제고 사람이 답입니다.

저는 그동안 소통 전문가로 스피치 강의를 해왔습니다.

소통을 주제로 수많은 강의를 해왔음에도 불구하고

현장에서의 소통은 그야말로 꽝이었습니다.

그래서 차근차근 하나씩 풀어가기로 했습니다.

일단 만나는 동료들에게 좋은 말을 하자고 말하며

긍정의 말을 뿌리고 다녔습니다.

말은 씨가 있어 '말씨'라고 하지 않습니까?
긍정하는 말이란 남을 탓하는 것이 아니라
자신을 돌아보는 말입니다.

사람이 살아가는 데 많은 말이 필요하진 않습니다.
고맙습니다, 사랑합니다, 괜찮습니다,
이해합니다, 실례합니다 같은
몇 가지 말로도 소통이 가능합니다.
나머지 말들은 위의 말들을 설명하기 위해서,
또는 수식하기 위해서 필요한 부차적인 것입니다.
그래서 저는 이 말들을 현장의 경험과 사색으로
정리해보았습니다.

읽으면서 마음 한구석이 불편해진다면 다행입니다.
'말도 안 돼. 다행이라니?' 하시겠지만,
몸도 불편하게 굴려야 건강해지듯이
마음도 불편한 구석이 있어야 건강해진다고 믿습니다.

이 책 속 짧은 문장 하나가 자꾸 눈에 밟힌다면

그 문장 하나 가슴에 품어

늘 화두가 되었으면 합니다.

이미 나를 비추는
한 줄기 빛
어둠을 깨치며 빛나고 있어.

아침에 먹는 술

아침에 먹는 술

이어진 해장술이 아니다.
일 끝내고 먹는 아침술은
맨밥을 오래 씹는 맛처럼 달다.

안주가 딱히 필요 없는 것은
밤새운 일거리를 씹으면 되기 때문.

취하는 사람도 없거니와
취기 없는 사람 또한 없다.

거기서 거기가 다 고향이고
내 자식 네 자식이
다 자랑이고 애물이라
흉허물이 풀어진다.

사람 팔자 모이니
영화보다 재미있고
소설보다 감동이다.

아침에 먹는 술은
가슴이 비워진다.

시는 마음을 긁어 적는데
청소는 바닥을 쓸어 담는다.

시는 정신을 여행하는 일이고
청소는 물질을 이동시키는 일이다.

나의 출근은 당신의 퇴근이다.
낮과 밤이 그러하듯 해와 달이 교대하고
바람과 구름, 계절과 꽃도 마주치고는 헤어진다.

사랑의 원천인 가족도
가는 생, 오는 생이 만나
사랑하고 이별하듯이
동행은 오로지 나 자신뿐.

모두 비껴가는 것이 한 세상 삶인가 보다.

청소는 과거를 치워 현재를 드러내는 일이다.
단순한 물질 이동이 아닌 거다.

삶의 무늬를 만들려면 반복해야 한다.
그것이 곧 삶의 질을 결정하니까.

글보다 밥

중절모 아닌 작업모
구두 아닌 작업화

하늘이 아닌 바닥으로
눈을 깔아야 한다.

남들 은퇴하고 나오는데
나는 일하러 나가야 하고

이제 몸이 쉬어야 되는데
이제부터 몸을 놀려야 한다.

변기 닦고 토사물 치우고
쓰레기 줍고 바닥을 쓴다.

글은 밥이 되지 못했다.

나의 모음과 자음은

한 여름날 소나기 같은 이력

삶에는 배경 음악이 따로 없다.

소리 지르는 자와 주눅 든 자

아! 단 게 먹고 싶다.

내 생의 단물은 무언가?

나른한 오후 햇살

창문에 쏟아지는 빗줄기

바람에 실려 오는 꽃향기

무릎 위에 펼쳐진 시집

아니다.

수월한 청소
덜 서먹한 동료

주말에 잡힌 휴무
물가 인상을 반영한 급료

그래
글보다 밥이다.

항산恒産이 있어야 항심恒心이 있다고 했다.

맹자가 한 말로

일정한 수입이 있어야

마음이 흔들리지 않는다는 말이다.

늙은 초보

늙은 초보의 설움

목울대를 치고 올라오네.

앙다문 어금니 새로

욕지기 행여 나올까.

입천장에 혀를 받치고

애써 눌러 참으려니

눈앞이 침침하니 김이 서리네.

젊어 기술 한 가닥을 쥐든

머리 싸매고 공부를 하든

뭐라도 했어야 하는데

한량도 아니고 선비도 아닌 삶

치기와 아량이 섞인 몸으로

고단한 하루의 주름이 느네.

나이 들어 하는 일은 뭐든 어렵다.

일머리를 알아야 하는데 자꾸

예전 일 습관이 나와서 곤란하다.

그리곤 괜히 서러워지는 거다.

고통 총량을 마저 채우는 중

멀리 보면 마음이 지칠까 봐
한 걸음 발밑만 봅니다.

한 달은 너무 길게 느껴져
일당으로 일한다 생각합니다.

눈을 들면 유혹에 질까 봐
고개를 숙이고 다닙니다.

나이를 느끼면 몸을 사릴까 봐
청춘이라고 최면을 겁니다.

힘들 때마다 일을 하는 것에
감사한다고 혼잣말을 합니다.

사랑하는 사람을 지키기 위해
열심히 일하자고 기도합니다.

내 생의 고통 총량을 마저
채우는 중이라고 위로합니다.

노동이 신성하다고 말한 사람을
원망하지 않으려 무지 애씁니다.

직업에 귀천은 없지만

일의 난이도는 분명 있다.

단순해 보여도 쉽지 않다.

아버지가 많이 생각났다.

청소부라는 직업으로 사셨다.

내가 힘들다고 하면 나보다

더 힘들게 일하는 사람들을 모욕하는 거다.

그런 말 없다

어느 때부터인가
청소가 미화로 바뀌었다.

저절로 깨끗해진 것도
살기가 좋아진 것도 아닌데
그럴싸하게 새 이름을 얻었다.

AI 로봇에게 빼앗기지 않은
일자리라 경쟁은 치열한데
열악한 조건은 마찬가지다.

아버지는 청소를 하셨고
나는 미화를 한다.
설명이 구차한 대물림

오늘은 아버지 산소에 가서

애처럼 엉엉 울고 싶다.

직업에 귀천이 있냐고?

없다고들 하는데

그 말이 정녕 맞냐고?

어릴 적에 길에서 아버지를 만나면

모른 척했다.

왠지 모르게 창피했다.

청소하시는 모습에 그냥 화가 났다.

이른 새벽에 문자가 올 때가 있다.

아들이 "아빠 힘내!"라고 보낸 글

그러면 아버지 생각에

죄스러움에

그리움에

가슴이 아려온다.

다시 한번 아들의 문자를 보고 기운을 차리면

한결 힘이 난다.

울 아들 고맙다.

네가 나보다 낫구나.

희망

희망은 빛으로 향하는 것
오지 않으니 가야 하는 것

그리하여 고난 속에서도
오로지 희망을 꿈꾸었는데

이제 알았어. 깨달았어.

희망은 내일의 길이 아닌
지금의 나를 받아들이는 것.

무려 9.4대 1의 경쟁률을 뚫고

환경 미화원 자리를 꿰찼다.

우리 야간 B조 남성은 5명 채용에 47명이 지원했다.

난생처음 치열한 경쟁이었다.

대입시험도 4대 1이었는데 말이다.

하지만 난 추락했다고 생각했다.

많은 직업을 전전했지만 그야말로

바닥을 청소하는 거니까.

그래서 더더구나

추락했다고 느꼈다. 하지만

내가 추락한 곳으로 올라오는 사람이 있었다.

내 절망의 감정은 사치였던 거다.

청소의 정의

물청소

물이 안 닿는 곳 없게 적시고

물기 한 방울 없게 닦아 내는 일

쓸기

본색이 드러나게

결 따라 시선과

빗자루가 같은 방향으로

줍기

무릎 먼저 굽히고

허리를 낮춰야지

허리만 굽히면 골병든다는

무한 반복 작업

분류

생긴 거나 용도와 상관없이

동질의 성분으로

집합 동거시키는 일

이따가 봐요

퇴근 인사가 어색해서 잠시 서 있었다.
"안녕히 가세요. 내일 만나요."가 보통인데
"안녕히 들어가세요, 이따 봐요."라니

야간 근무자의 일상은 아침에 퇴근하고
당일 저녁에 출근하는 거라서 '내일'이라는
단어로 약속을 잡지 않는다.

간단한 회식도 아침에 하고 약속도 아침에 한다.
저녁에 하는 회식처럼 늘어지지 않고 짧다.
왜냐하면 집에 가서 자야 하니까.

그래야 하니까, 그러지 않으면….
이 대목에서 왜 울컥하는지 모르겠다.

일상을 지켜가는 삶은 위대한 거다.

새벽 첫차는 가장 일찍 출근하는 사람이

타는 거라고 생각했다.

하지만 이제 보니

밤새고 퇴근하는 사람들이 더 많다.

나도 그중 한 사람이고.

복장이나 얼굴을 보면 알 수 있다.

대체로 검은 계열의 옷을 입고

가방을 메고 있다. 그리고 고단한 얼굴.

나를 포함해서 '검은 수도사'라고 부른다.

검은 수도사들은 아침을 열어준다.

밤새워 청소하고 일하면서 가족을 위해,

자신을 위해, 타인의 희망찬 아침을 위해

땀과 눈물로 문을 연다.

수도사들의 기도는 침묵이라

나름대로의 꿈을 안고 잠을 청한다.

거의 매일 보는 아는 얼굴이지만

모른 척한다.

말 안 해도 아는 어떤 것이 있기 때문이다.

습관적으로 같은 칸 같은 자리에 앉아

기도의 끝을 향해서, 행복한 집으로.

역

오는 사람

가는 사람

있는 사람

마음 하나씩 챙기고

역사 안팎으로

발 도장을 찍는다.

화장실 물청소나 야간 기동반 물청소는

마지막 열차가 끊겨야 시작하는 일이다.

사전에 일 준비를 해놓는다.

그래서 막차로 손님을 보내는데

물론 역무원들이 주로 하는 일이지만

잘 안 나가는 손님이 더러 있다.

술에 취해서 방향감각을 상실한 사람도 있고

용변이 급하다며 닫힌 셔터를 열어달라고 애걸복걸

협박(여기서 본다?)까지 하는 사람도 있고

생이별을 했는지 울고불고 떼쓰면서

주저앉아 행패 부리는 사람,

어디서 뺨 맞고 왔는지 화풀이하려고 시비 거는 사람 등.

일도 일이지만 이런 사람 달래서 집에 보내는 것도

우리 일과 중 하나다.

잘해 보내야 본전인데 찜찜할 때가 많다.

때로는 손수건도 주고, 길도 가르쳐주지만

잘 갔는지는 확인이 안 돼서 말이다.

빗자루

가려웠지?
좀 더 방치했더라면
곪고 아팠을 거야.

내가 치워줄게.
나는 지구 의사
빗자루를 들고 치료한다.

지구의 숨구멍을 막는
쓰레기를 치우는 일

거꾸로 든 빗자루에
혼이 났던
엄마의 자식이

빗자루를 바로 들고

지구를 진료하고 있다.

맥가이버는 해결사다.

혹시 맥가이버를 모른다면,

현장 해결사의 대명사쯤으로 여기면 된다.

문제는, 없는 답을 만든다는 거다. 그래서 경이로운 존재다.

현장에 있는 물건을 이용해서 문제를 해결하는 손재주의 달인.

강사는 준비된 자료로 문제를 풀어서 알려준다.

간혹 응용을 요구하는 문제도 있긴 하지만

예전에 풀었던 문제와 비슷한 경우가 많아서

쩔쩔매지는 않는다.

강의는 예상범위에서 크게 벗어나지 않으니까.

전자는 우리 야간반장 얘기고 후자는 내 얘기다.

참 어처구니없는 만남이지만 같은 일을 한다.

야간 기동반 물청소.

내가 어떻겠는가?

하는 일마다 깨진다.

난 준비되지 않은 상황에

문제가 생기면 해결능력이 부족하니까.

반장은 고수고 난 언제까지 하수일까?

세월이 약이라는 말이 있으니, 기다려보자.

전철

전철은 길들여진 공룡
정해진 길로만 다니며
평생 다이어트 중이다.

앙상한 뼈대만 남아도
속을 고스란히 비우고
스르르 꼬리를 감춘다.

심술부려 정차하면
막 속이 뒤집히고
여론의 질타를 맞는다.

전철은 사랑스런 공룡
오늘도 이놈 뱃속을

헤집고 자리를 잡는다.

역사마다 고충이 다 다르다.

어느 역은 가로수 낙엽 때문에 청소하는 데 어렵고

어느 역은 배수가 잘 안 돼서 시간이 오래 걸리고

어느 역은 대합실이 지하라 일조량이 부족하고

어느 역은 환승역이라 화장실 사용이 많아 골치고

우리 역은 승강장이 지상인데

비둘기 때문에 청소가 힘들다.

배설물을 바로 치우면 되지만 조금 방치하면

냄새도 나고 굳어져서 닦기가 어렵다.

더구나 깃털은 비질에 도망을 다녀서

담기가 쉽지 않다.

비둘기 천적은 매라고 하는데

매를 부르느니 청소를 더 열심히 하는 쪽으로.

새우잠

새우는
새우잠을 모른다.

외로움의 표피와
고독의 뼈마디가
둥글게 휘어서

차마 제 한 몸을
바로 뉘지 못하고

토막잠을 자본 사람만이
새우잠을 안다.

남자는 딱히 대기실이 없다. 그래서
창고를 휴게실 겸 대기실로 쓰고 있다.
머리 위로 승강장이 있고 가끔 전철이
지나갈 때면 두통을 자극하기도 한다.

낡은 소파에 잠깐 누우면 뻐근한 근육이
저려서 몸을 이리저리 풀어야 한다.

가끔 구석에 있던 거미가 놀라서
기어 나올 때가 있다.
그러면 손으로 종이를 삽처럼 접어
거미를 태우고 문밖으로 보낸다.

조명

검은 장막을 뚫고 나온 불빛은
적요를 안고 소란을 비추며
부동의 자세로 움직임을 주시한다.

인간이 만든 덫에 갇힌 인간은
밤에도 낮처럼 일하고 낮처럼 사고하는
불빛의 유혹에 노동을 불사한다.

자연은 어둠의 자리를 훔치지 않는다.
다만 인간의 욕망만이 낮과 밤 사이에
불빛 다리를 놓고 밝음에 눈이 멀어간다.

어둠을 관통하는 밝은 세상 안에서
조명의 감시를 받는 인간은

잠을 거부당한 채 이 밤도 분주하다.

지금은 가정부를 가사도우미라 부른다.

하지만 예전에는 가정부라고 해서 청소뿐 아니라

온갖 집안일을 다 하는 사람을 일컬었다.

그래서 아마도 이런 말이 나왔는지 모른다.

'가정부는 보이는 곳만 청소하고

가정주부는 안 보이는 곳을 청소한다.'

청소는 주인정신으로 하는 것이 맞다.

가정부의 눈길보다는 가정주부의 눈으로 보면

평소에 눈에 잘 안 띄는 곳을 더 유심히 보게 된다.

대합실이나 승강장 화장실도 마찬가지다.

구석지고 후미진 곳, 어둡고 손길이 잘 가지 않는 곳을 살피면

이런 곳에 쓰레기가 감추어져 있다.

마치 보물을 감추기라도 하듯

틈새나 찾기 어려운 곳에 쓰레기가 있다.

일말의 양심이 작동한 건지는 모르겠지만,

청소하는 사람 입장에서는

차라리 눈에 잘 띄는 곳에 버렸으면 좋겠다.

눈에 잘 보이는 곳에 버려주길 부탁드린다.

물론 가까이 둘러보면 쓰레기 수거함이 있겠지만

그마저도 귀찮으면 그냥 버리시라. 감추어 놓지 말고.

제발 부탁이다.

감춘 쓰레기를 찾을 때 희열보다는

'왜 이렇게까지?' 하는 생각이 먼저 든다.

청소와 수행의 공통점

잘해도 표가 안 나고

잘못하면 표가 나고

단순하지만 힘이 들고

하고 나서 또 해야 하고

할 때마다 다르고

할 때마다 같고

눈으로 지우고

가슴으로 쓸고

마음으로 닦고.

인류 역사상 가장 오래된 예술은 벽화가 아닐까?
동굴에서 삶의 한 장면을 표현하고자 했던 인간의
모습은 숭고하게 느껴지기도 한다.

하지만 화장실 벽에 낙서를 하는 인간은 참 한심하다.
볼 일이나 열심히 볼 것이지 무슨 계몽을 하겠다고
하루는 빨간색, 하루는 파란색 바꿔가며 써놓는지.

스티커 제거용 세제를 뿌리고 지우려면
마스크 안쪽까지 독한 냄새가 스며들어 온다.
'낙서하는 님(놈)이여!
화장실에서 환장하게 만들지 마세요.'

물청소

물을 튼다.

똬리 튼 긴 호스를 통해
물길을 몰고 오는 바람이
영락없이 독 오른 뱀 소리다.

밸브를 쥔 손이 살짝 요동치며
손끝 혈관을 타고 물이 솟구친다.

순간 물보라에 불빛이
보석처럼 반짝거리면

수많은 발자국을 지우는
밀대와 깔끔한 걸레질

호스 개폐기는 입을 다물고

수도꼭지에서 빠져나온다.

냄새가 고약해서 코를 쥐게 하는 청소도 많다.

그중에서도 토사물 냄새는 정말 지독하다.

계단이나 의자 밑에 있는 토사는 그래도 이해가 된다.

하지만 화장실 변기 옆으로 게워낸 토사는 좀 그렇다.

조금만 참고 변기 뚜껑을 열어서

그 안에다 하면 좋으련만.

아마도 변기 뚜껑에 앉아서

고개를 옆으로 돌리고 토하는가 보다.

나는 투덜거리면서 청소하는 사람들을

별로 좋아하지 않아서

내가 청소할 때 철칙 중 하나는

절대로 불평하지 않는다는 거다.

하지만 이때는 나도 모르게 이런 말이 툭 튀어나온다.

"에이, 안에다 좀 하지."

환경 범칙금이라는 게 있다.
담배꽁초 버리면 얼마, 노상방뇨는 얼마고 하는 등등
'토하면 얼마라는 범칙금이 있다면?' 하는 생각을 해봤다.
제정신이 아닌 사람한테 범칙금 운운하는 게
모진 사람으로 보일지 몰라도.

노동은 운동과 달라서

운동運動과 노동勞動은
둘 다 몸으로 하는 것.
하지만 운동은 움직이는 행위고
노동은 힘쓰는 행위다.

언뜻 보면 같아 보일지 몰라도
운동은 '저강도'라는 말이 있지만
노동은 그런 말이 없다.

운동은 '적당히'라는 말도 어울리지만
노동은 적당히 하면 안 된다.

따로 시간을 내기가 어려워서라지만
아무 데서나 아무렇게나 운동을 하면 좀 그렇다.

전철 안에서 손잡이를 철봉의 링으로 생각하는지
매달려서 운동하는 건 영 보기가 그렇다.
시선을 어디에 둬야 할지 모를 민망함은 왜
앞에 앉은 사람의 몫인가.

정작 운동을 하는 사람은 배꼽을 드러내고
침팬지처럼 매달려서 희희낙락하는데
대다수 이런 볼썽사나운 꼴을 보이는 사람은
나이 든 중년들이다. 60~70대 남자들.

"손님, 여기서 이러시면 안 돼요!"

준비와 마무리

모든 일이 그렇지만
청소는 준비와 마무리가 중요하다.

준비가 안 되면
일하면서 서로 짜증을 부리게 되니까.

마무리가 안 되면
일을 하고서 인정을 받을 수 없다.

준비는 모범생처럼
마무리는 우등생처럼.

일을 즐기라는 말이 있다.

하지만 내 생각은 다르다.

일은 처음부터 즐길 수가 없다.

어떠한 일이든 최소한 일을 시작하고

1년은 열심히 참고 견디며 배워야 한다.

사계절은 지나야 일의 전체를 가늠하게 된다.

사무적인 일도 마찬가지다.

회계연도가 지나야 전체 일을 알게 된다.

놀이나 게임도 규칙을 알아야 즐길 수 있는 것처럼

일도 기능이나 기술을 먼저 익혀야 한다.

그저 흘려들은 말잔치에 편승해서

일을 즐긴다면 자만하게 된다.

일을 즐기기 위해서는

반복과 훈련의 시간이 필요하다.

일을 쉽게 생각해서 즐긴다면

스스로에게 화를 내지 않는 우를 범하게 되고

일의 성취와 즐거움은 점점 멀어진다.

시선 자르기

눈이 풀어진 사람이 제일 무섭다.

뵈는 게 없으니까.

다음으로 신경 쓰이는 건 멍하니 쳐다보는 거다.

생각 줄을 놓고 오래 보면, '나를 아나?' 하다가

기분이 썩 좋지 않아진다.

그런데 나이 들면 생각의 전환이 빠르지 않아서

시선이 오래 머무른다.

젊은이들한테 오해도 사고 그런다.

이건 내가 터득한 방법인데

시선을 빠르게 접는 것이다.

난 이걸 '시선 자르기'라고 한다.

모르는 사람이면 빨리 시선을 자르는 거다.

그래야 상대로부터 오해도 안 사고

상대의 기분이 나빠지기 전에 시선을 거둘 수 있다.

생각을 지울 때 머리를 흔드는 것과 같은 이치다.

시선을 빠르게 접으면 생각도 바뀌니까.

보이는 게 바뀌면 생각도 바뀌니까.

내가 근무하는 T역은 유원지가 가깝고 대학교 근처라

늦은 시간까지 전철을 이용하는 청춘남녀가 많다.

역사 대합실과 승강장은 데이트를 즐기는 연인들로 북새통이다.

그래서 가끔은 눈을 둘 곳이 없을 정도다.

시대의 흐름에 애정행각도

많이 변했다는 걸 인정하지만

적당히 하면 좋겠다.

은밀한 행위는 둘만 있을 때.

청소하러 근처에 가려면

자꾸 헛기침을 해야 되니까

방해꾼이 된 것 같아 미안하다.

성지

나는 추락했다.

한동안

절망의 땅에 엎드렸다.

누군가 사력을 다해 올라온다.

벌러덩

희망의 땅에 드러눕는다.

같은 곳 서로 다른 세상을 본다.

부러움의 눈길에

부끄러운 눈길이 말한다.

나는 헛디뎌 떨어진 것이 아니라

헛살아 추락한 것이라고.

눈 뜨고 보니

이곳이 바로 성지라고.

창피했다. 동료들에게

그들은 대부분 힘들게 올라온 사람들이었다.

나는 그들을 경외하는 눈길로 바라보며

열심히 일하기로 마음먹었다.

길

쉽지 않은 길을 간다.

밥값은 했니?

고개를 끄덕이니 됐다.

세상 사람 모두가 잠든 시간은 없다.

깨어 있는 고독과 마주한다고 외로워하지 말기를.

사는 일이나 죽는 일이나

혼자서 하는 거다.

죽어도 같이 죽자고 하는 사람은 없다, 말뿐이지.

하지만 사랑하는 사람은 가끔 그런 말이라도 하니

사랑할 수밖에.

밤새도록 긴 시간의 어둠을 지나왔어도

흰 머리카락 하나 검게 물들이지 못했다.

하지만 깨끗한 역사는 자부심을 만들고

가슴은 보람으로 뿌듯해진다.

지뢰밭과 사막

계단을 두 칸씩 올라가는 청춘이
지팡이를 짚고 내려가는 노인보다
더 위태로운 것이 이 세상이다.

살아보니
젊다는 것은 지뢰밭을 걷는 길이며
늙었다는 것은 사막을 걷는 길이다.

보고 듣는 게 바뀌면 사람이 바뀔 수도 있다고 했다.

그래서 나도 좋은 것을 보고, 듣기로 했다.

서 있을 때는 하늘을 오래도록 보았다.

그리고 이동 중에는 클래식 음악을 들었다.

그·런·데

바뀌지 않더라.

하늘의 구름은 한 번도 같은 적이 없고

클래식 음악은 따라갈 수가 없고

처음부터 너무 위대한 것을 좇았나 보다.

신의 창조나 천재의 작품 같은.

그냥, 친절한 선배나 따라 할 걸 그랬다.

밥 잘 사는 그 선배를 모두가 좋아하니까.

나는 남들이 퇴근할 때 출근하는

야간 미화원이다.

쉽지 않은 길을 간다.
밥값은 했니?
고개를 끄덕이니 됐다.

둘.

사 는 일 은 이 별
연 습 이 라 _____

라일락 향기

하루를 거꾸로 사는
야근 인생살이 출근길

라일락 향기가 따라오며
초라한 삶의 냄새를 지운다.

얼마나 혹독한 겨울을 보냈기에
라일락은 이토록 좋은 향기가 날까.

나는 얼마나 잔혹한 세월을 지나야
인간다운 향기를 품을 수 있을까.

사는 일은 이별 연습이라

아침은 저녁을 이별하고 밤은 낮과 이별한다.

지금 보는 것은 조금 전에 본 것을 이별해야 하고

들리는 것은 조금 전 들은 것과 이별해야 비로소 들린다.

사랑도 이별을 전제로 하니 만남이 곧 헤어짐인 것을.

부모는 자식이 밀어내고 자식은 그 자식이 밀어내고

영원불멸한 것은 없으니 순간을 살라 한다.

꽃은 지려 피고 싹은 가지가 밀어내

사람도 늙어가니 젊기만 바라지 말아야 하고.

사는 일은 이별 연습이라

허무와 친하게 지내야 하는 거다.

말 잘하는 사람

"나만 힘든가 봐요."라고
말하는 사람 믿지 마라.

생각을 들키면 자존심 상하고
생각을 밝히면 자존감 생긴다.

남이 실수한 일에 대해
"내가 뭐랬어, 그럴 줄 알았어."
라고 말하지 않아야 한다.

성공한 일에 대해서는
"내 말대로 해서 잘된 거야!"
라고 말하지 않아야 한다.

한 게 말이 아니고 들은 게 말이다.

말 잘하면 성공하고 잘 말하면 행복하다.

말을 잘하는 사람은?

할 말을 다 하는 사람이 아니라

하지 않아야 할 말을 안 하는 사람이다.

거침없는 말은 입에서 나오고

걸러진 말은 가슴에서 나온다.

매를 맞으면 맞은 자리가 아프지만

말로 맞으면 온몸의 세포가 아프다.

힘 빼는 말

열심히 하는데 잘한다고 하면 응원이다.
하지만 자기 편하자고 상대를 격려해서
교묘하게 일을 더 하게 만들고
자기는 뒷전에서 응원만 하는 경우가 거듭되면

아, 저 사람은 나를 이용해서
자기 할 일을 안 하는 사람이구나 하는 걸
알게 된다.

처음에는 응원일거야 하다가
술수라는 것을 알게 되면 실망한다.

"잘한다, 잘해!" 한두 번 할 때 힘이 된다.
"잘한다, 잘해!" 계속하면 이용하는 거다.

"그래."라고 하면 이해가 되고
"왜 그래?"라고 하면 오해가 된다.

"잘하지 그랬어."는 위로가 되지 않는다.
누구나 어떤 일을 할 때는 잘하고 싶기 때문이다.

마저 하지 않은 말이 인격이 된다.
대화 중에 "난 그것보다 더 해."라고 말해서
상대의 말에 힘 빼지 마라.

"넌 뭘 하고 싶니?"만 묻지 말고
"넌 뭘 안 하고 싶니?"도 물어라.

몸과 마음을 이어주는 통로

몸과 마음을 이어주는 통로는 말이다.

자신의 목소리를 잘 들어보면

영혼이 건강한지 알 수 있다.

'나'라는 말, '아프다'라는 말

될수록 안 하고 살기로 하자.

말은 에너지다.

내적 에너지가 외적 에너지로 변환된 거다.

그래서 말과 행동이 다르면 내상을 입는다.

'그냥'이라는 말은 감정의 소모를 줄이는

건강한 대답일 수 있다.

'번 아웃'되면 '멍때리기'를 하게 되는 이유가 뭘까?

생각만으로도 에너지가 소모되기 때문에

생각 줄을 놓는 거다.

생각에도 에너지가 있고

그 생각 에너지가 말로 나오면

말의 에너지는 '에너지보존의 법칙'에 의해

어떤 식으로든 사람에게 영향을 미친다.

말이 씨가 된다는 말처럼

말이 곧 그 사람이고

그 사람의 운명을 만든다.

나는 안다

숨기고 싶은

당신 고뇌의 환부

꼬인 말투와

그늘진 인상착의

터뜨리지 못한

울분의 뇌관이

당신 폐부를 찌르고

있다는 것을.

'그럴 수도 있지'라는 마음의 공간이 있어야

상대방을 이해할 수 있다.

'나만 옳은 거야'라는 사람은

출구가 없는 감옥에 사는 거다.

마지막 용서

시들어가는 이 육신에서
얼마나 더 간수를 빼내려 하는가?

반향 없는 노동의 기계가 되라고
감정을 도륙하는 당신의 언행에
진저리가 쳐진다.

그만하시라
당신을 용서하지 못할까 겁이 난다.

모든 아픔이 성장의 밑거름이 되는 것은 아니다.
어떤 이는 아픔의 상처를 연민하면서
평생 빠져나오지 못하기도 한다.

내 안에 내가 하나 더 있었으면 좋겠다.
아주 힘세고 강한 내가 있어서
짜증 내고 신경질 부리는 못된 나에게
버럭 화를 내서 꼼짝 못 하게 하는

어쩌다 화를 내면 멱살을 부여잡고
"살고 싶으면 조용히 해!"라고 윽박지르는
화내는 나보다 더 큰 내가 있었으면 좋겠다.

다짐

희망과 절망 사이
현실을 원망하는가?

지난 세월
성한 데보다 상한 데가 많은
영혼의 상처

강한 것을 악이라고
믿는 신념 때문에
빠져버린 연민의 함정

세월의 스승 앞에
분연히 일어선 다짐

이제 달콤한 유혹에는
혀를 내밀고 조롱하리라.

두려움 앞에는 떨지 않고
가슴을 활짝 펴리라.

내 일은 내가 다 하고
내가 모두 책임지리라.

모두가 움직이고 뛰는 운동장에서

가장 위험한 사람은 가만히 있는 사람이다.

흐름을 타야 한다.

일의 강약과 관계의 정서에 따라서

변화무쌍한 감각으로 대처하는 거다.

공을 돌려야 한다.

축구를 할 때 공을 같은 편 선수에게

잘 돌려야 이길 수 있다.

마찬가지로 공功도 돌려야 한다.

자기가 한 일을 남에게 돌릴 줄 알아야 하는 거다.

스스로 공치사功致辭하면 공功이 공空이 되니까.

시가 돈이 된다고

어느 시인도 시인한 적 없어.
만약 시가 돈이 된다면
온갖 구린 사람들이 몰려서
좁쌀 한 톨 싹 틔우지 못하고
깃털 하나 들어올리지
못했을 거야.

시는 절대로 시시하지 않아
시는 자연과 사람을 사랑하고
고독과 고통을 치유하며
싸움과 전쟁을 평화로 중재해.

크기와 경계, 관념과 유무를 초월하여
자유롭고 순수하며 경쾌해.

시는 혼탁한 세상의 그린벨트야.

시를 시답지 않게 여기는 사람은

자본주의 속물, 돈의 노예가 틀림없어.

시를 사랑하라고 하진 않겠지만

무시하지 말라고 당부하는 거야.

자신을 드러내는 일은 두 가지가 있다.

하나는 환조고 다른 하나는 부조다.

환조는 주위를 깎아내리는 것으로

매우 좋지 않다.

하지만 부조는 자신을 깎아서 드러내는 것으로

겸손한 사람이다.

세발자전거와 두발자전거는

바퀴 한 개 차이가 아니다.

그건 수없이 넘어지고

중심을 이동한 결과다.

자존심을 자존감으로 바꾸고

자신감을 가졌느냐의 차이다.

아름다운 삶

아름답지 않은 사람이 어디 있으랴.
편견을 가진 사람이 있을 뿐.

아름답지 않은 색이 어디 있으랴.
좋아하는 색이 따로 있을 뿐.

아름답지 않은 꽃이 어디 있으랴.
향기가 없는 꽃이 있을 뿐.

아름답지 않은 삶이 어디 있으랴.
고통을 피하지 않는다면.

관계가 불편한 사람은

늘 곁에 있게 마련이다.

하지만 오른손잡이가 왼손을

불편해하지 않는 것처럼

불편한 사람을 왼손이라고 생각해본다.

사람의 관계는

시소 놀이와 같다.

내가 겸손하게 내려가면

상대가 올라가고

내가 잘난 척하고 올라가면

상대가 비참하게 내려간다.

친해지거나 사랑하면

그 사람도 나와 같을 거라고 생각하게 되는데,

분명 나의 가치와 그 사람의 가치는

다르게 존재할 수 있다.

걱정과 근심의 양

소유하는 물건의 양이 많을수록

걱정과 근심의 양도 많아진다.

그러므로 최소한의 소유를 권장하는 거다.

좋다고 최대한의 양을 소유한다는 것은

불행을 쌓는 일이다.

이건 진실이 아닌가?

내가 부피를 줄이므로

타인의 활동 폭이 넓어진다는

그런 상식에 관한 거니까.

주위에 성공한 사람들이 있을 것이다.

가족이나 친인척, 지인 중에도

반드시 성공한 사람이 있다.

명성을 얻었거나 돈을 많이 벌었거나

권력을 얻었거나 등등.

그러면 이렇게 성공한 사람 때문에

주위 사람들에게 좋은 일이 있어야 하는데

이건 뭐, 성공한 사람한테 누가 되면 안 되니까

이거 하면 안 된다, 저것도 하면 안 된다 하는

금기사항만 늘어난다면 어떨까?

성공해서 뭐하나? 잘돼서 뭐하나? 싶다.

성공한다는 것은 기득권을 나누어줄 수 있는

기회가 제공되었다는 것.

그러므로 주위 사람들을 예전보다 더 편하고

행복하게 만들어야 할 의무가 있다.

그렇지 못하고 성공의 자리에서 떨어질까 봐

안달복달하며 주위 사람에게 근신을 강요하는 것은

매우 치사한 욕심이라고 생각할 수밖에 없다.

금기어

하지 말아야 할 말이라는 뜻이다.
말 잘하는 사람은 할 말을 다 하는 사람이 아니라
하지 말아야 할 말을 하지 않는 사람이다.

살면서 선택받아야 하는 일들이 있다.
부모님, 선생님, 직장 상사에게 우리는 선택을 받았다.
자의든 타의든 간에

그래서 이분들에게는 하극상이 최악인 거다.
정당한 의견도 우회적으로 표현하는 법을 배워야 한다.
가정생활, 사회생활 잘한다는 소리는 여기서 나온다.

그럼 금기어는 뭐냐?
일단, 반말은 무조건 안 되고

모욕적인 발언도 삼가라.

사람이 살면서 가는 순서는 모른다고 해도
이 경우에는 어디로든 가야 한다.
집에서 나가든, 밖에서 집으로 가든,
돌아올 수 없는 곳으로 가든,
가야 하고 가게 된다.

화를 푼다고 해서

가령 접시를 깬다거나 베개를 던진다거나

물건을 부수는 행위 등은

우리 몸이 실제로 화를 낸다고 인식한다고 한다.

스트레스를 풀겠다고 대상이 없는 곳에서

욕을 하거나 화내는 동작을 하는 것도

화를 쫓아내는 것이 아니라

화를 불러오는 거란다.

같은 파동을 유발해서 끌어들이는 것.

그러므로 이러한 일련의 행위는

화를 습관화시키는 것이다.

우리 몸은 정직하게 감응할 뿐

똑똑하지 않기 때문이다.

화, 분노, 충동, 격정 등
욱하는 감정들의 맏형은
마땅히 이성이어야 한다.
이성인 맏형이 이런 어린 감정들을
잘 돌봐야 한다.

바보가 사랑받는 이유

사람들은 똑똑한 사람 좋아하지 않는다.

바보가 사랑받는 이유다.

당신 혹시 똑똑한가요? 약간 바보인가요?

후자라면 나랑 커피 한잔해요!

하지만 많이 바보는 안 돼요.

그냥 바보 있죠.

잘 웃고 여유 있고 계산하지 않는

멀쩡한 바보.

길을 나서는데 옆 사람이

"아이 추워!"라고 하면

"뭐가 추워?"라고 하지 말고

말없이 어깨를 감싸주라.

그 사람은 날씨가 추워서 그럴 수도 있지만

당신 마음이 따뜻한가를 알고 싶어 할 수도 있다.

동행한다는 것은

방향과 속도를 맞춘다는 것.

먼저 가거나 늦으면 경쟁이 되고

같이 가더라도 생각이 다르면

손을 잡지 않는다.

함께 갈 때는

마음으로 서로를 아껴야 한다.

사랑은 명사가 아니라 동사라고 하듯이

어서 고백하시길. 사랑한다고.

머뭇거릴 시간은 뒤에 놔두고.

우린 어쩌다 설명이 안 되는

아니, 설명은 되지만
구차한 변명이 될까 봐 말을 아낀다.

상대의 오해를 사더라도
말하기 싫은 어떤 일들이
살다 보면 가끔 일어나니까.

목소리를 들으면 사람을 알 수 있다.
귀가 눈보다 정확할 때가 많으니까.

하지만 귀보다 코가 더 본능적이어서
냄새로 많은 포유류가 자기 짝을 찾는데

유독 포유류임을 망각한 사람은
눈에 보기 좋은 자기 짝을 찾는다.

하지만 그 짝과 대책 없이 싸울 때는
귀를 틀어막고 싶을 때가 종종 있다.

그리고 코는
눈물을 훔치고서 푸는 감정의 마무리가 된다.

애초에 냄새로 사랑의 짝을 찾았다면

자기 코를 잡아 푸는 일은 없었을 텐데.

살아보니 _____ 젊다는 것은 지뢰밭을 걷는 길이며 _____

늙었다는 것은 사막을 걷는 길이다.

삶의 기술 중 최고는

잘_____웃는_____일

어린 사람

나이 어린 사람은 있어도

아랫사람은 없다.

인간미

다 갖출 수 있나요?

지혜

확신을 줄일수록

지식이 지혜로 바뀐다.

하수

고수는 보고도 침묵할 때가 있으나

하수는 헛것을 보고도 소리친다.

신앙

종교와는 가깝지 않더라도

신과는 멀어지지 마라.

흉

내 안에 없는 것이 남에게 보일 리 없다.

흉보지 마라.

이해

이해의 폭을 넓히는 일은 나의 특별함이
일반화되더라도 개의치 않는 것.

타이밍

고마울 때 고맙다고,
미안할 때 미안하다고 해야 한다.
때를 놓치면 후회한다.

자유

자기 편하자고 남을 불편하게 하는 것은

자유롭게 잘사는 게 아니다.

.

비전문가

전문가보다 비전문가가 더 확고한 신념으로 말할 때,

그 보이지 않는 힘이 강력해서 어쩔 수 없이 동의할 때

삶은 초라하고 비참해진다.

구정물

남을 속이기 위해서는 먼저 자신을 속여야 한다.

참 더러운 구정물로 자신을 씻는 일이다.

비교

내가 가진 것이 얼마나 소중한가를 알기 위해

남들이 가진 것과 비교할 필요는 없다.

눈치

눈치를 보며 살지는 말아야 하지만

눈치껏은 살아야 한다.

인상

인상을 쓰는 것도 소비다.

영혼이 가난해진다.

마음

마음은 늙지 않는다.

다만 병들지 않도록 해야 한다.

판단

사람이 사람을 판단할 일은 아니다.

그것은 신의 일이다.

변화

'내가 이런 사람이 아닌데'라는

생각이 들 때 무언가 삶을 변화시켜야 한다.

은총

신의 은총은 나약한 곳에 오지 않는다.

희망하는 곳에 온다.

질투

슬픔도 나누고 기쁨도 나누라?
슬픔은 나누어서 위로를 받지만
기쁨은 나누어서 질투만 샀다.

차이

당신에겐 '가끔'이
나에겐 '늘'이있다.

소유

많이 먹고 많이 소유하면

좋을 거 같지만 결국 자기혐오가 생긴다.

마음

마음의 속성은 외향성이다.

어떻게든 밖으로 나온다.

관계

재능만 보이고 사람이
안 보이면 그 관계는 오래 못 간다.

언어

나라마다 언어가 다르다.
천국에 가려면 천국의 언어를 배우라.

정의

세상은 착한 사람이 바꾸는 게 아니라

정의로운 사람이 바꾼다.

그냥

당신의 '그냥'이 나에겐

'궤양'이 될 수 있다.

시간

시간은 이성을 지나는 직선일 때보다

감성을 지나는 곡선일 때가 많다.

가정

가장 빈번하게 이견이 속출하는 곳이

바로 가정이다.

질문

자아를 향한 질문의 수준이

삶의 질을 결정한다.

온유함

권력을 쥔 자는 거만하기 쉽고

부자는 참을성이 부족하고

명예를 얻은 자는 편하고자 하니

마음이 온유한 자보다 못하다.

웃음

삶의 기술 중 최고는

잘 웃는 일이다.

중독

빠른 시간에 얻는 쾌락은 중독성이 강하고

삶의 많은 부분을 피폐하게 만든다.

힌트

삶의 힌트는 많다.

답이 없을 뿐이다.

외모

화려함의 끝은 추함이지만

우아함의 끝은 수수함이다.

배움

구분하는 것은 배움의 시작이고
통합하는 것은 배움의 결말이다.

성공

성공의 완결편에는 고통이라는

부록이 반드시 있다.

화

불의에는 화를 내라. 하지만

불편에는 화를 내지 말라.

고백

신은 생전에 누설하는 일이 결코 없다.

마음 놓고 기도하라.

부모

부모는 신의 유전자와

가장 유사하다.

삶

삶은 기대 이하의 일상이어서

대단하길 바란다면 자주 실망하게 된다.

관점

세상에 당신이 속한 게 아니라

당신이 세상을 품은 거다.

고통

고통은 자신을 향해

몰입하게 한다.

행복

행복도 감정의 일부다.

모든 순간이 행복해야 한다고 우기지 마라.

깨달음

깨달음은 단절의 느낌이 아니라

연결의 느낌으로 올 때가 많다.

체취

사람의 향기는 고난을 극복한

그 사람 영혼의 체취다.

수행

수행은 자신의 결핍을

고독으로 채우는 일

건강

돈은 혈액, 관계는 혈관, 인간성은 심장이다.

이 셋의 조화로움이 건강을 지킨다.

도전

실패하면 남한테 창피하고

실패마저 하지 않으면

자신한테 실망한다.

정치

코미디가 정치를 풍자할 수는 있어도
정치를 코미디처럼 해서는 안 된다.

가족

가족은 각자 다른 세계를 가진
최소한의 우주다.

마음

마음은

종교의 성지다.

삶

"그 사람 참 괜찮아."라고 말하는

그 사람으로 사는 일.

사람 구경

구경 중에 사람 구경이 제일이다.

같음과 다름의 미학을 보는 일이기 때문이다.

경험

극한을 경험하면

삶의 폭이 넓어진다.

고독

고독한 사람은 착하다. 못된 생각을 하면
자신의 시간이 형벌이라는 것을 아는 까닭이다.

외로움

외로운 사람은 덜 착하다.
관계로부터 소외되었다는 사실에
자신의 영혼을 쉽게 팔 수도 있기 때문이다.

꿈

고랑에 씨를 뿌리지 않듯
꿈은 이랑에 심고 북돋아주어야 한다.

손실

'열심'하느라 '조심'하지 못하거나
'조심'하느라 '열심'하지 못하거나 손실은 있다.

심경

성경, 불경을 읽기 전에

심경(마음)을 읽어라.

이상

이상한 것을 자꾸 부정하면

이상적인 삶을 추구할 수 없다.

악의 꽃

진실이 왜곡된 자리에는 악의 꽃이 핀다.

문제는 그 꽃향기에 취하는 자들이다.

자유

나를 어떠한 사람이라고 규정하지 않으면

어떠한 상황에서도 자유로울 수 있다.

구도

구도 전의 비질은 자국을 남기고
구도 후의 비질은 바람을 남긴다.

고통

고통 총량이 있다.
가능하면 인생 전반기에 써라.

아량

경험이 많을수록 아량도 풍부해야 한다.
아량이 부족하면 잔소리가 많아진다.

죄

자기 자신을 연민하게 만들거나 불행하게 하는
일체의 행위는 죄가 된다.

고난

고난은 형태도 다양하고

끊임없이 다가온다.

전문가

전문가의 오류는 비전문 분야에서도

전문가 행세를 한다는 것이다.

분수

사람이 분수를 모르면

푼수가 된다.

기본

기분대로 살지 말고

기본대로 살아야 한다.

요즘

세상은 여자 위주로 돌아가고
남자는 여자 위주로 돌아간다.

불편

불편하게 살면 편해지지만
편하게 살면 불편해진다.

조화

조화로움은 같은 것이 아닌 서로 다른
어울림으로 신의 의지가 반영된 것이다.

소유

좋은 것은 끝이 없다.
필요한 것을 충족하는 데서 그쳐야 한다.

소통

소통은 서로의 다름을
존중하면서 시작된다.

중심

주변에 대한 지나친 관심은
자기중심이 없다는 것을 드러내는 일이다.

돈

돈을 소리 나게 쓰면

악마가 듣고 달려온다.

외식

외식은 과식하기 쉬우나

관계의 지방을 빼준다.

천국

천국도 인맥이 있어야 간다.

착한 사람과 친하게 지내라.

영혼

남들에게 속으로 욕먹지 마라.

영혼이 병든다.

그리워지는 사람

안 보면 잊히는 사람 있고

안 보면 그리워지는 사람 있다.

못된 사람

못된 사람을 보면

그 사람과 같이 사는 사람이

불쌍하게 여겨진다.

형편없는 사람

가장 형편없는 사람은

성공도 실패도 하지 않는 사람이다.

허물

자신의 허물을 들킨 사람에게

미움을 갖지 마라.

무식한 사람

무식한 사람일수록 시비를 가리지 않고
무조건 자기편이 옳다고 주장한다.

가래침

가래침을 함부로 뱉는 사람과는 어떠한 일도
도모하지 않을 것임을 맹세해도 좋다.

유행

사람이 유행을 만든다.

유행을 너무 무시하지 마라.

생활

눈치와 눈썰미는

생활의 윤활유다.

관계

다 보여주지 말고

다 보려 하지 말고

친밀도

함께 하는 동안 어색한지, 편안한지가

관계의 친밀도를 나타낼 수 있다.

균열

관계의 균열은 손해 보지 않으려는

마음에서 생겨난다.

행복

자연을 훼손하여 얻는 것이 만족이라면

자연을 보존하여 얻는 것은 행복이다.

망각

망각과 기억은 동등한 지위를 갖는다.

망각하지 않으면 기억도 의미가 없다.

배드 뉴스

나쁜 소식은 낯선 사람이 알려줄 때보다

아는 사람이 낯선 얼굴로 알려줄 때가 많다.

진국

"그 사람 참 진국이야!"
당신의 다른 이름도 '진국'이길

용서

신이여! 그 사람이 보입니다.
내가 보기 전에 먼저 본 당신도 함구하는데
내 어찌 그의 허물을 들추겠나이까.

남과 여

생긴 게 다르면

생각하는 것도 다른 거야.

습관

용서하는 마음이 습관이 되는 것은 괜찮지만

용서를 바라는 마음이 습관이 되어서는 안 된다.

평화

배우자가 좋아하는 것을 해주기보다

싫어하는 것을 안 하는 것이 더 평화롭다.

부부

같아지라고도, 같아지려고도

하지 말아야 한다.

배우자

배우자에게는 '배우자!'라는 태도를 가져야

가정이 화목하다.

결핍

늘 만족하다면 행복을 느낄 수가 없다.

그러니 결핍을 행복으로 알아야 한다.

젊음

젊다는 건 가능성이지

가산점이 아니다.

낭패

대부분 서둘러서 생기는

자기 과오가 많다.

의인

남을 위한 자신의 고통을

드러내지 않는 사람이다.

약자

약자끼리 뭉쳐봐야 소용없다.

외로움을 견뎌서 강자가 되라.

일

좋아하는 일로 성공하는 사람도 있고

좋아하는 일로 망하는 사람도 있다.

절제

절제 없이 얻는 행복은

신기루에 불과하다.

인물

투명한 물고기는 크지 않다.

사람도 속을 알 수 없어야 큰 인물이다.

기분

자기 기분이 엉망이라고

남의 기분까지 망칠 권리는 없다.

성공

미래를 과거로 만들어놓고

현실로 느끼며 사는 일

행복

하고 싶은 거 할 때도 행복하지만

하기 싫은 거 안 할 때도 행복하다.

함께

함께 하는 사람들이 예쁘게 보이면

지금 당신은 행복한 것이다.

플랜B

플랜B가 없는 플랜A는

성공을 위해 행복을 포기하는 행위와 같다.

나쁜 사람

나쁜 사람은 그리 많지 않다.

나쁜 상황에 처한 사람이 있을 뿐이다.

인내심

능력도 없으면서 참지도 못하면

나쁜 사람이 되기 쉽다.

외로움

"사람은 누구나 다 외로워."라는
말로 누군가를 위로한다면
당신은 참 모진 사람이다.

인정

상대의 결핍이 싫어서 상대를 바꾸면
또 다른 결핍을 보게 된다.
차라리 그 결핍을 인정하는 게 낫다.

다른 생각

사람은 저마다 외롭다.

가는 길이 다르기 때문이 아니라

같이 가면서 다른 생각을 하기 때문이다.

중언부언

중언부언하지 마라.

한 번 말해서 알아듣지 못하면

결국 듣는 사람에게 잔소리다.

말 수

실수를 줄이는 방법은

말 수를 줄이는 것.

진정한 용기

진정한 용기는 다리를 건너서

신세계로 가는 게 아니라

신세계로 가는 다리가 되는 거다.

선한 용기

남의 허물을 뒤집어쓰는 것이
선한 용기 중 으뜸이다.

벽

가장 열등한 벽을 넘으면
그 벽은 가장 강력한 문이 된다.
사람은 그 문을 통해서 성공하는 것이다.

스토리

성공한다는 것은

자기의 스토리를 말할 수 있는 기회가 확장된다는 것.

시인

도인처럼 살 수는 있어도 도인이 되기 어려운 것처럼

시처럼 쓸 수는 있어도 시인으로 살기는 어렵다.

누군가의 은인으로 사는 인생이 최고다.
그중에서도 생명의 은인이 으뜸이니,
훌륭한 부모가 되는 일이 최고다.

넷.

몰라서 못 하는 것보다
알지만_____안 하는 것

그럴 사람이 아닌데

'그럴 사람이 아닌데'라는 것은
지극히 주관적인,
객관의 검증이 없는 감정의 작용이다.
설령 남의 입김으로 어떤 일이 잘되었다면
그 일의 모든 성과는 자기의 것이 아니다.

그러니 무소의 뿔처럼 혼자 가라.
어차피 인생은 자기 몫으로 살아야 한다.
혼란스럽고 더디고 무섭고 어렵더라도
기꺼이 그 길을 홀로 가는 거다.

때가 이른 과일은 시고 떫다.
아직 영글지 않아서다.
달고 향기로운 과일은 때가 되어야 한다.

선부른 과욕이 화를 부르지 않게

자신의 속도로 하루하루를 살면 된다.

공부 중에 사람 공부가 가장 어렵다.

아무 의심 없이 믿었는데

돌연 실망할 일이 생긴다.

'그럴 리가 없어.' 하는 순간

여지없이 뒤통수를 친다.

불편과 불쌍

불편함을 참는 사람과
불편함을 없앤 사람이
오랜 세월이 지난 후에 만났어.

서로의 모습이 늙어서 깜짝 놀랐지.
하지만 불편을 참던 사람의 표정이
더 오래 남았어.
불쌍해서 말이야.

몸은 하난데 옷이 너무 많아.

그런데도 옷장을 열고 하는 말은

"입을 옷이 없어."

'에이, 맘에 드는 옷이 없는 거겠지.'

"옷이 작아졌나 봐."

'당신이 살쪄서 그래.'

신상에 해로운 말은

삼가는 것이 함께 사는 방법이다.

상대가 좋아하는 일을 하기보다는

상대가 싫어하는 일을 하지 않는 것이

관계를 유지하는 데 훨씬 유리하다.

그나저나

수행자는 갈아입을 옷 한 벌이면 된다는데

요즘은 옷방이 따로 있을 정도니.

나도 그런 사람인지 몰라

뒤에서 오는 바쁜 사람 앞에서
어기적거리며 늦게 걷는 사람.

한 번 얘기하면 못 알아듣고
자꾸 되묻곤 하는 사람.

문을 닫고 나온 지 얼마 안 되어
확인하러 가는 사람.

병문안 가서 주책없이 초상집 얘기하고
외식하면서 다른 식당 맛 자랑하는 사람.

앞뒤가 꽉 막혀서 젊은이에게
답답한 '꼰대라떼'라고 불리는

나도 그런 사람인지 몰라.

나를 뛰게 하는 사람도 있고,
날뛰게 하는 사람도 있다.

나를 뛰게 하는 건 그리움 때문이다.
보고 싶은 만큼 나를 달리게 한다.

날뛰게 하는 건 답답함과 지겨움 때문이다.
반복과 식상으로 감정을 폭발시킨다.

나를 뛰게 하는 건 연인이고
날뛰게 하는 건 꼰대다.

세상에는 연인도 있고 꼰대도 있다.
그래서 뛰기도 하고 날뛰기도 한다.

그러니 춤을 배워서 리드미컬하게

몸짓으로 감정을 표현하는 거다.

그러면 사는 게 한결 즐거워지겠지.

헤어지는 연습

번민을 끝내지 못해서
사는 동안 아픈 거야.

연애의 전과를 없애려고
절규하며 흩뿌린 감정들

사랑해야 하는 이유가 없듯이
사랑하지 않을 이유가 없는데

"나 때문인 거야."
이 짧은 대사가 꼬여서

"너 때문인 거야."
자꾸 이렇게 말하고 있어.

기분 좋은 선택을

상대에게 양보하는 것은 미덕이다.

하지만 기분 나쁜 어떤 것을 강요할 땐

단호하게 '노'라고 해야 한다.

그렇지 않으면 관계에 상하가 생겨서 피곤해진다.

좋은 사람과 편한 사람은 다르다.

당신을 너무 편하게만 여긴다면

그건 좋은 관계가 아니다.

지독한 사랑

생각하면
맨밥을 삼킨 것처럼
명치 끝이 갑갑해서

가슴을 쳐야만 하는
그런 사랑

생각하지 않으면
숨이 턱턱 막혀

허공을 할퀴며
미쳐 버릴 것 같은
그런 사랑.

사랑을 의심하지 않으면

사랑은 의리가 된다.

가끔 의심하고 확인하고

그리고 믿고 의지하고

하여튼 사랑이란 감정은

상대에 따라서 많이 달라야 한다.

무조건이란, 신앙 외엔 없다.

사랑은 종교가 아니라

선택적인 책임과 의무.

조금도 궁금하지 않다면

열정의 한쪽이 식어가고 있는 거다.

사랑을 듣는 기술

새겨들어야 합니다.

아프지 않다고

그러니 당신 하는 일이나

열심히 하라는 말은

지금 많이 아프니

빨리 오라는 겁니다.

흘려들어야 합니다.

갖고 싶은 거 없다고

돈도 없을 텐데

기념일 챙기지 말라는 것은

오늘은 특별한 날이니

지나치지 말라는 겁니다.

몰라서 못 하는 것보다

알지만 안 하는 게 더 많다.

그러니 더 많은 지식을 찾기보다는

안 좋은 습관 하나 버리는 건 어떨까?

망초

엄마 생각이 나.

망초 꽃을 보면

꽃이 참해서

자꾸 엄마가 생각나.

들녘에 나왔는데

발길이 안 떨어져.

누군가의 은인으로 사는 인생이 최고다.

그중에서도 생명의 은인이 으뜸이니,

훌륭한 부모가 되는 일이 최고다.

먼지의 사랑

큰 먼지가 작은 먼지를 본다.

작은 먼지를 먼지라 하고
큰 먼지를 각기 다른 이름으로 부른다.

별도 먼지고 꽃도 먼지다.

먼지 아닌 것이 없고
먼지 안 될 것이 없다.

미추도 생각하기 나름

먼지가 먼지를 그리워하니
사랑이다.

강자의 용서는 관용으로 보이지만
약자의 용서는 뒷감당하기 어려워
비굴하게 보일 수 있다.

그러니 약자는 힘을 길러 용서해야 한다.
하지만 용서하기로 하면 이미 강자가 되는 것이다.

약자는 대부분 착하고 성실한 편이다.
하지만 강자는 근성 있고 도전적이다.
그래서 약자가 성공하는 경우가 매우 드물다.
성공은 근성 있는 도전에서 오기 때문이다.

자신에게 늘 관대하다면 약자일 거다.
자기 연민에 어찌할 수 없는 약자.

작은 고통

몸이 아프면 할 수 있는 게 별로 없다.

나을 때까지 고통에 호소하는 수밖에

그래서 건강할 때

고통을 분산해야 한다.

매일 작은 고통에 노출시키는 거다.

그게 바로 운동이다.

살다 보면 급한 일도 있고 중요한 일도 있다.
무엇을 먼저 해야 할까 고민하다가 결국
급한 일을 먼저 한다. 그건 당연한 거다.

급한 일은 시간 싸움이니까 먼저 하는 게 맞다.
그러다 하루가 지나고, 또 하루가 급한 일로 가고,
매일 매일 급한 일은 쉬지 않고 밀려들어 온다.
급한 일로 지금까지 왔다면
정작 중요한 일을 놓친 거다.

그래서 후회하거나 병약해져서
희망마저 잃고 사는 사람이
주위에 아주 많다.
말을 안 해서 그렇지

나 같은 사람 말이다.

그러면 중요한 일을 언제 해야 할까?
운동이랄지, 꿈을 키우는 일은 언제 해야 할까?
대부분의 급한 일은 정규 업무시간에 하는 것이고
중요한 일은 자기 의지가 필요한 시간에 하는 거다.

새벽잠을 쪼개서 한다든지,
퇴근 후에 노곤한 몸을 이끌고 한다든지,
자기의 본능을 억제하고 하는 것이
중요한 일이어야 한다.

급한 일은 상대적이고
중요한 일은 절대적인 자기 영역이다.

급한 일 때문에 중요한 일을 못 했다는 것은

자기변명이고,

시간이 없어서 못 했다고 하는 것은

치사한 이유밖에 안 된다.

급한 일은 급한 대로 하고

중요한 일은 자기 시간을 쪼개

자는 시간을 줄이고, 먹는 시간을 줄이고,

달콤한 휴식을 할애하는 거다.

그러면 꿈도 커지고 건강도 좋아져서

살맛 난다.

자존감의 근원

자존감은 하루에도 몇 번씩 등락을 거듭한다.
스스로 조절하면 좋지만 그리 쉽지 않다.

자존감은 많은 사람 앞에서
칭찬을 받거나 하면 최고로 상승하고
존재감 없이 무능한 느낌이 들면
한없이 추락한다.

자존감을 상승시키는 방법은 뭘까?
자신을 위로하는 거다.
'나 잘하고 있어. 내가 최고야!'라며
으쓱대는 거다.

외향적인 사람이 내성적인 사람보다 더 행복할까?

찔러놓고 "왜 그렇게 아파하냐?"고 의아해한다면

상대에 대한 생각은 1도 안 하고

자신과 같을 거라는 단순한 도식으로 사는

외향적인 사람일 거다.

어쩌다 속내를 말하면 "겨우 그거 때문에?"라며

말한 사람을 오히려 속 좁은 사람으로 우습게 몰아가는 사람.

그래서 한 번 더 속이 상해서 입을 다물게 되는 경우는

내성적인 사람이 감당해야 하는 힘겨움이다.

성격이 하루아침에 바뀌는 것도 아니고

그럴 때 자신을 미워하게 되는데,

제발 그러지 마시길.

내성적인 사람은 대부분 착한 사람이다.

상대를 기분 나쁘게 하지 않으려고 자신이 참는 거니까.

자신을 더 사랑해주시라. 스스로 버림받지 않게.

약간은 손해라고 느끼며 사는 것이

잘 사는 거니까.

최고의 관건

"그 사람 어때요?"라고 물었을 때

"에이, 그 사람은 별로…."라고 말하지 않고

"아, 그 사람 괜찮은 사람이에요."라고

기억되는 것이

내 생애 최고의 관건이다.

내 기도 안에 머무는 사람들이 있다.

나는 종교가 없어도 기도는 하라고 말한다.

기도는 읊조리는 거다.

자신과의 약속이자

절대자와의 교감을 통해서

이승에서의 안녕과 건강을 기원하는 거다.

어쩌다 저승에 관한 궁금증을 묻기도 하지만

나는 철저하게 자연주의자라서

자연에서 왔으므로 자연으로 가는 거라고 믿는다.

하지만 이생에서 만난 소중한 인연을 위해 기도한다.

이 세상에서의 합당한 행복과 건강을 누리게 해달라고

일일이 이름을 거명하는데

가끔 명단에서 빠져나가는 사람도 있다.

죽어서도 아니고, 이사를 가서도 아니다.
남에게 사기를 치거나 나를 아프게 해서
지울 수 없는 상처를 준 사람은
내 기도 명부에서 지운다.
깨끗하게,
지운 자국도 남지 않게 말끔히.

인연

어떤 인연이든 소중하지 않은 게 있겠어.

더구나 같은 직장의 동료라면 더할 나위 없지.

그래서 말인데

나한테 잘하는 사람이 있어.

그런데 말이야

나한테만 잘하는 거야.

이런 사람은 거리를 두는 게 좋아.

남한테도 잘하면서 나한테도 잘하는 사람이라야 해.

나한테만 잘한다면 그 이유가 분명 있어.

그건 잘 생각해보면 알 수 있어, 왜 그런지.

아마도 순수한 의도는 아닌 거야.

싫어하는 사람과 잘 지내기는 쉽지 않다.

어디를 가든 자기를 싫어하는 사람이 30%는 있다고 한다.

잘 안 맞는 그런 사람이 있다. 파장이 아주 다른.

하지만 같이 지내야 하는 상사나 선배를 어떻게 하겠는가?

그럴 때는 어쩔 수 없이 동의하게 만드는 거다.

스마트폰을 보다가 느닷없이 큰 소리로

"야, 이런 미친 자식이 다 있나? 이런 묻지 마 폭력범은

그저 중세시대 형벌로 다스려야지! 안 그래요? 선배님?"

이런 식으로 정의감에 사로잡혀 씩씩대면서

공분하게 만드는 거다.

또는 음식점에서

"와, 이 음식은 거의 환상적이네요, 안 그래요? 선배님?"

과장되게 리액션해서 공감대를 이끌어내는 거다.

그러면 차츰 우리는 '하나'라는 공동체 의식이 생긴다.

자존감은 ——— 자기를 사랑하는 마음.

착한 자신을 믿고 응원하는 거니까.

✖ ◯ ▷

다
섯.

멀리서＿＿＿보면
아무것도 아닌 것

위로

"힘들면 내려놔, 벅차면 비우고."
그런 말이 위로가 될까?

네 살 손자가 집에 와서 뛰다가
테이블 모서리에 머리를 박았어.
비명소리와 함께 대성통곡을 하는 거야.

순간 어쩔 수가 없어서
나도 모르게 소리를 지르고 막 울었어.
그랬더니 손자가 울음을 뚝 그치고
나를 멍하니 쳐다보잖아.

바로 그런 거야.
아픈 사람보다 더 아프게 울면

아픈 사람이 낫는 거야.

위로한답시고 자기 얘기를 빗대서 하지 마.

그건 절대 금기야.

차라리 더 아프게 울어줘.

누구나 해결책은 자기 안에 있어.

펼쳐 보이기가 어려워서 그렇지.

그러니 위로는, 진심으로 알아주는 거야.

그러면 돼.

나잇값과 이름값이 뭘까?

나잇값은 보편적 도덕성을 근거하여

"나잇값 좀 해라. 그게 뭐니?"라고

경거망동한 태도를 보이거나 할 때 나온다.

하지만 이름값은 좀 다르다.

공인은 공인으로서의 품격을 유지하라는 말이고

개인한테는 책임이나 의무에 대한 것을 일깨워준다.

사실 난 나잇값은 못 해도 이름값은 하고 싶다.

나다운 것을 못 하면 창피하니까.

공황장애

남들이 공황장애를 말할 때 강 건너 불구경하듯 했다.
나는 마인드 컨트롤이 되는 사람이라고 자부했으니까.

그런데 아니었다.
가슴을 쥐어뜯는 갑갑함, 미칠 것 같은 지경,
'아, 이러다 죽을 수도 있겠다.' 싶은 절체절명의 순간.
그랬다, 공황장애는 정말 무서웠다.

호흡 간에 생명이 있다는 사실을 느꼈다.
숨을 쉴 수가 없었으니까.

아버지와 나 그리고 아내와 자식을
더 사랑하는 방식으로
공황장애를 이겨냈다.

지구 밖에서 인간을 바라보면 어떨까?

개미처럼 열심히 일하고 움직이고 그럴 거다.

뭐든 써야 하고, 버려야 하고,

서로 사랑하고, 싸우고, 이별하는 모습일 거다.

그런 작은 톱니바퀴에서 사는 거다.

그러니 너무 스트레스받지 마시길.

멀리서 보면 아무것도 아닌 거다.

자신의 몫

익숙함의 대부분은 유전적인 요인이며
낯선 경험이 자기 몫이다.
사랑과 자기계발은
확장성이 있을 때 가치가 높아지는 것.

그러니 새로운 세계에 발을 내딛자.
물론 두렵다.
하지만 그것만이 당신의 사명.
편하고 익숙한 것은 이미 물려받은 유산이다.
더 이상 발전할 수 없는 거다.

사랑은 지극히 개별적인 성장이 되니
마음이 끌리면 아낌없이 사랑할 것.

그리고 낯선 세계에 도전할 것.

죽음 가까이 갈수록 삶의 한계가 커지니까.

겁이 좀 나더라도

시도는 해보는 게 좋다.

후회하는 것 대부분은

'해볼 걸 그랬어.'다.

성공하려고 자기계발서를 어지간히 읽었다.

일단 재미가 있으니까.

마음만 먹으면 다 할 수 있다는 것, 매력적이다.

정말 그럴까? 마음을 수없이 먹었다.

마음만 배가 터지도록 먹은 거다.

단지 마음만.

중요한 건 행동이다.

마음이 먼저가 아니고

몸이 먼저였던 거다.

그걸 이제 알았다.

져주는 사랑

더 큰 사랑을 가진 사람이 져주는 거야.

손자와 싸우는 할머니는 많지 않아.

어르고 달래서 울음을 그치게 하는 거지.

오늘 아침에도 매정하게 한마디하고 나왔다면

지금 바로 전화해.

"엄마 미안해! 철들려면 멀었나 봐. 사랑해!"

부모가 져주는 건 사랑하기 때문이야.

때론 이해하지 못해도 자식이라서 눙치는 거야.

그러니 사과라도 제때 하는 게 어때?

가족은 연민이 중요해.

가족한테 이겨야 힐 필요는 없잖아.

조화로움은 같은 것이 아니라

서로 다른 어울림으로 신의 의지가 반영된 것.

어떻게 생겼든,

어떤 옷을 입고 어떤 말을 하고

어디를 가든

넌 부모의 기쁨으로 탄생한 사람이다.

너는 자체가 빛이고 사랑이다.

무엇을 잘못하고

무엇이 없고

무엇이 열등하고

무엇 때문인지 몰라도

절대로 생을 등지지 마라.

너는 누구보다도 소중한

유일한 사람이다.

너는 신의 의지가 반영된

조화의 축이다.

질긴 자

열심히 노력하는 자는

즐기는 자를 이길 수 없다고 하잖아.

하지만 즐기는 자는 질긴 자를 이길 수 없어.

결국 질긴 자는 즐기는 자보다 강해서 이기는 거야.

그러니까 너는 질긴 자가 되어야 해.

즐기는 것도 지칠 수 있어.

하지만 질긴 근성은 끝을 보는 거야.

끝장을 보지 않으면 안 되는 질긴 자가 이기는 거야.

즐겨서도 안 되면 질긴 자가 되기로 해.

기회가 동일하다고 평등한 것은 아니다.

개인차가 있기 때문이다.

동일 선상에서 출발한다고

경쟁이 평등한 것이 아니란 말이다.

마치 토끼와 거북이의 차이 같은 거다.

우화에는 거북이가 토끼를 제치고

우승하는 짜릿함이 있지만

현실은 그렇지 않다.

개인적 조건이 우선이고 '열심히'는 그다음이다.

자기 인생인데 누가 허투루 살겠나.

열심히 살지 않는 사람은 드물다.

알고도 조용한 사람

이름깨나 있는 성직자가 방송에 나와서
일반인의 고민을 상담해주는 것을
내심 못마땅하게 여겼다.

혼자 살면서 남의 가정 일을 조언한다는 게
도대체가 말이 안 된다고 생각했기 때문이다.
그런데 그게 아닌 것 같다.
인문학 공부를 많이 하거나 수행을 오래 하면
사람이 보일 수도 있겠다 싶다.
훤히, 아주 훤히 꿰뚫어 볼 혜안이 생기는 거다.

성직자가 아니어도 좀 살아본 사람들은
얕은 사람과 깊은 사람을 구분할 수 있다.

몰라서 조용한 사람과

알고도 조용한 사람이 보인다.

올여름 12층 아파트로 이사를 왔다.

거실에서 보는 하늘이 너무 예쁘고

구름이 시시때때로 변화하는 모습도 좋다.

나와 풍경 사이에 유리창이 있는 걸 잊었다.

유리창에 먼지와 손자국을 보면서 생각했다.

가족의 사랑을 통해서 바깥사람들을 본다는 것.

문제는 인간관계라며 남들만 신경을 썼다는 것.

나와 남 사이에 가족이 있는 걸 가끔 잊는다.

가족의 아픔이나 상처를 못 본 체한 건 아닌지.

못 자국

뭐 어때?

공부 못하면

운동 못하면

노래 못하면

춤 못 추면 어때?

하지만 여기서 '못'을 빼기로 하자.

그러면 '못' 자국이 남겠지.

하지만 그 '못' 자국은 상처가 아니라

영광의 훈장이 된다.

삼류가 될지언정 아류는 되지 말자.

자기의 능력껏 살자는 거다.

베끼고 사기 쳐서

아닌데도 일류인 척 살지 말고

자신만의 혼과 열정으로 살자는 거다.

타인의 인정보다

자신을 인정하고 사는 당당함으로

조금 쳐지고 조금 못나면 어떤가?

삶은 경쟁이 아니라 경기다, 즐기는.

닮은 사람

자존감이 없는 사람은
자기 닮은 사람을 보면
아주 싫어한다.

게으르고 손해 보기 싫어하는 사람이 있는데
자신과 비슷한 사람을 만났다.
그랬더니 그 사람 흉을
이 사람 저 사람한테
마구 옮기는데 참 꼴불견이었다.

앗! 여기서 잠깐!
당신도 혹시 누구를 험담하는 게
당신의 본모습을 보았기 때문은 아닌지?

부족해도 괜찮고, 넘쳐도 괜찮다.

얼굴이 못나거나 과체중이거나

키가 작거나 학벌이 뒤지거나 하는 것들이

살면서 얼마나 큰 형벌인지 잘 안다.

나도 이 중에 하나는 포함되어 있으니.

하지만 인격 장애가 아니면 된다.

부족해서, 과해서 자기 열등으로 사는 것

정말 힘들다. 그러니 그냥 인정하고 살자.

'평온의 기도'는 이런 말로 시작한다.

"주여, 제가 바꿀 수 없는 것들을

받아들일 수 있는 평온함을 주시고,

제가 바꿀 수 있는 것들을

변화시킬 수 있는 용기를 주시며,

그 둘을 구별할 수 있는 지혜를 주소서."

인생작

누구에게나 '인생작'이라는 게 있다.

그 사람의 이름을 부르거나 얼굴을 떠올리면

함께 연상되는 어떤 것.

그 사람의 노래나 춤, 패션스타일, 웃음, 말씨.

자신만의 인생작이 있는가?

한 편의 시를 짓거나

좋은 시를 암송할 줄 알거나

멋진 책이나 영화를 소개하거나

추억의 여행지를 추천하거나

존경하는 사람에 대해서 줄줄이 꿰고 있다면

당신은 이미 속이 꽉 찬 사람이다.

"연말에는 책을 선물하세요!

사랑하는 사람에게 마음을 전하세요!

책은 마음의 양식입니다.

오늘은 작가가 직접 책을 가지고 나왔어요!

《넌 늙어봤냐? 난 젊어봤다》라는 책은

지난달에 나온 따끈따끈한 신간입니다!

여러분 책을 선물하세요!"

신호등 파란불이 들어오면

저 건너에서 걸어오는 사람들을 향해

돌팔매질하듯 말을 쏟아냈다.

그러면 뭐하나? 반응이 없는데.

빨간불일 때는 두 손에 책을 들고

마치 종교의식에서 하늘을 향해 손을 뻗치듯

그러고 서 있었다.

저 건너편에 있는 사람들에게 잘 보라고.

그런데 결과는 꽝이다. 한 권도 못 팔았다.

하긴 내 쪽은 많이 팔았다.

작년 말에 도봉산역에서 내가 한 일이다.

저녁을 먹는데 아내가 말한다.

"이 사람아. 요즘은 케이크가 나가는 철이라고.

크리스마스가 목전인데 등산로에서

김밥이나 빵을 파는 것도 아니고

책을 사라고 하면 사겠냐?"

밥맛이 없어서 숨겨놓은 양주를 꺼내서 홀짝였다.

웬 양주씩이나?

막걸리나 소주도 황송하지

무슨 놈의 양주씩이나 했을 거다.

그래도 명색이 선생이다.

일전에 수강생한테 선물로 받은 술이다.

나도 입은 고급이다. 먹을 때는 몰라도

말할 때는 저질로는 안 하는 사람이다.

하여튼 며칠을 이 사람 저곳으로

책을 홍보하러 다녔지만 헛수고였다.

아주 겸손하게 거절하는 방법이

익숙한 분들을 많이 만났다.

세상은 넓고 갈 곳은 많은데

받아주는 데가 없었다.

옆자리

상상이 지나치면 어떤가?

내 옆자리는 비어 있다.

그러면 상상을 하게 된다.

아주 멋진 이성이 앉아주길.

하지만 그럴 확률은 희박하다.

그래도 상상을 하게 된다.

마침내 옆자리는

기대 이하로 채워진다.

인생의 한 단면이다.

그래도 다시 꿈꾼다.

반대편 옆자리도 비어 있으니까.

난 방에 들어가면 음악방송부터 켠다.

음악 속 일정하지 않은 음들이

춤을 추면 기분이 나아진다.

그리고 낭송을 한다.

최근에는 정여울 님의 《소리 내어 읽는 즐거움》을 낭송한다.

맘에 팍 드는 글, 좋은 글이 너무 많다.

그 책에 "소리 내어 읽으면

아름다운 문장의 힘이 우리 몸속으로 스며들어,

힘겨운 나날들을 견딜 용기를 불어넣는다."는 표현이 나온다.

책을 눈으로만 보지 말고

약간 큰 소리로 낭독해야 한다.

그러면 눈으로 한 번 기억하고 소리로 기억하면서

몸은 그러한 감각을 기억해내어 자연스러운 상황을 맞는다.

낭독은 우선 건강에 좋다.

심신을 안정시키고 자신감을 준다.

또한 자만하여 아는 것을 떠들게 되는 불상사를 막는다.

왜냐하면 평소의 낭독으로 인해 남 앞에서 말하지 않아도

이미 자기가 말한 효과를 갖기 때문이다.

그래서 남으로부터 겸손하다는 평을 듣는다.

알지만 나대지 않고 있기에 그렇다.

그리고 낭독으로 목소리를 가다듬어 좋은 소리를 갖게 된다.

좋은 목소리는 상대방으로 하여금 호감을 유발한다.

그러므로 관계가 좋아지고

삶은 여유와 행복으로 충만해진다.

이러한 낭독의 힘은

인생의 새로운 변화를 만든다.

작은 습관의 변화가 결국 삶을 바꾼다.

그래서 나는 일부러라도 시간을 내서 낭독한다.

오늘도 변화하고 싶어서,

그리고 나 자신에게 미안하지 않게 살고 싶어서.

친구가 많은 친구

친구가 많은 친구는 뭐가 다를까?
처음엔 우유부단한 줄 알았다.
가만히 보니 그렇지 않았다.
많은 친구를 나름 분석해서 대하는 게 달랐다.

이 친구는 성격이 모나니까 이쯤에서 말을 터주고
저 친구는 어디까지 들어주다 말을 돌리고
또 이 친구는 이걸 좋아하니까 미리 준비해놓고 등등.
친구에 따라 각기 다른 매뉴얼을 만들어 대했다.

그러면서 자기 생각이나 의견도 반듯하게 말하고
가끔 유머도 날리니까 친구가 많은 것이었다.
물론 이해력과 공감능력도 뛰어나다.

그리고 가장 중요하고 중요한 대목은

관계비용을 아끼지 않는다는 거다.

흰소리 내지 않고 깔끔하게 돈을 쓴다.

똑똑하고 게으르게

기다릴 줄 알아야

자기 사람을 만들 수 있다.

자기 사람이라고 생각하면 절대로

많은 사람 앞에서

지나친 칭찬이나

질책을 해서는 안 된다.

칭찬은 자만심을 키우고

질책은 자존감을 추락시킨다.

책 중에 제일은 산책

혼자 놀기의 진수는 뭐니 뭐니 해도 걷기.
둘레길을 산책하는 것은 자기와의 데이트.
자연의 무정형을 보면 삶이 정리된다.

자연은 멀리서 보면 아름답고
가까이 보면 치열하게 경쟁하고
더 깊이 들여다보면 상생한다.

무료하다고 느낄 때
무작정 나와서 걸어본다.
단, 폰은 꺼두고.

온전한 산책은 무념이다.
바른 생각을 하려는 게 아니라

아무 생각도 없이

마음을 비워내는 것.

사람은 좀체 변하지 않는다.

아주 큰 사건이 있으면 모를까.

죽음에 버금가는 상황을 겪지 않으면

어제의 습관대로 오늘도 살고 내일도 마찬가지다.

나는 매일 1밀리미터씩만 변화하며 살고 싶다.

그래서 감히 권하노니

매일 한 가지씩 바꿔보기를.

고치고 싶었던 것이든, 하고 싶었던 것이든

무엇이든 말이다.

아침에 체조를 하거나

기침시간을 30분 앞당기거나

하루에 한 줄 메모를 하거나

일기를 쓰거나.

찜찜해서 해야 하는 것,

하고 싶었는데 게을러서 하지 못했던 것,

바쁘다는 핑계로 미루어놓던 것.

그런 것을 하루에 한 가지씩만이라도 해본다.

그러다 보면 삶의 궤적이 많이 달라질 거다.

치사하게 늙는다

세월의 더께에 지혜롭게 나이 들면 오죽 좋겠냐마는
생각대로 행하면 덕이 되고 은혜가 되는 삶이면 좋겠지만
참 치사하게 늙는다.

방금 전 한 일도 잊어버리고
신호등 점멸에 잠깐 뛰었는데 헐떡이고
계단을 내려갈 때도 조심조심,

수학이 아니라 산수도 잘 안 돼서
계산기 두드리고, 지인 이름 까먹고,
어제 먹은 점심 메뉴도 얼른 생각 안 나고,

쓰레기 분리수거 한다고 엎드리는데
허리 삐끗하고

네 살 손자 들어 올리는데

"어, 구구구!" 신음소리 나오고

자식이 하는 잔소리도 노엽고 서럽다.

남이 가진 것은 부럽고

내가 가진 것은 별로고

무를 수도 없는 게 나이와 인생사다.

늙으면 삶을 관조하며 평온하게 살 줄 알았는데

참 옹졸하게 비교, 분석하면서 찌질하게 산다.

여전히, 어른으로 늙는 게 소원이다.

누구나 칭송하는

"아, 그 어른 참 좋은 분이셔."라는

그 어른으로 나이 드는 것.

'익어 가는 사람'으로 회자되는 것.

돈과 감정에 솔직해지기

나한테 미안하지 않게 솔직해지려고.
돈과 감정에 솔직하면 만사 오케이다.

돈을 쉽게 벌려고 하지 마라.
쉽게 번 돈은 악마가 따라오니까.

그리고 감정을 억제하거나 비틀면
인상이 나빠지고 인생이 꼬인다.

그러니 자기감정을 경쾌하게 유지하고
돈은 소리 나지 않게 쓰면 된다.

그러면 나한테 미안하지 않게 된다.

남의 것을 가지고 선심 쓰는 사람이 있다.

사소한 예지만, 물수건이나 초콜릿을 가진 옆 사람에게

다른 사람을 위해서 내놓으라는 경우다.

"언니, 물수건 좀 줘 봐. 여기 닦아야 이 사람들이 앉지."

"언니, 초콜릿 있지? 아가야, 여기 초콜릿 먹어, 응?"

자기는 항상 빈손이면서

옆 사람이 가진 물건을

마치 자기 것인 양 선심 쓰는 것.

보기 나름이지만 속 보인다.

악인

악인은 착한 사람보다 정의로운 사람을 더 싫어한다.

가하는 사람보다 당하는 사람 쪽에서 생각하게 된다.

아마도 나는 정의로운 사람보다는 연민하는 사람인가 보다.

가하는 사람을 막지 못하고

당한 사람을 위로하는 편이다.

그래서 늘 속상하다.

그런데 악인은 처음에 잘 모른다. 지내봐야 안다.

그것도 아주 좋지 않은 상황을

함께 맞아야 알 수 있다.

그러니 매번 당하고 수습하느라 애쓰는 거다.

본래부터 악인은 없다고 하고,

상황이 좋지 않아서 악인이 되는 거라는데

그래도 악인을 대변하고 싶지는 않다.

대개는 열등한 자아를 가진 사람이
불리한 순간에 악인으로 돌변하니까 말이다.
그래서 자존감을 길러야 한다.

자존감은 자기를 사랑하는 마음.
착한 자신을 믿고 응원하는 거니까.

아직도 세상에 겁쟁이가 많다.

큰 소리를 내는 건

살아있다는 다양한 표현방법 중 하나다.

하지만 가장 원시적인 경우다.

타인에게 존재를 인정받으려는 욕구나

스스로 존재의 건재를 알리려는 거다.

그래서 자기가 잘한 것을 표방하기도 하고

상대적으로 남을 비방하면서 자신을 드러낸다.

그것이 자기를 지키는 안전한 행위라고 여긴다.

하지만 지금은 문명사회다.

정글의 법칙처럼 약육강식의 단순한 구도가 아니라

개인도 사회저으로 안전한 관계망을 구축해서

극단적인 경우가 아니면 정말 안전하다.

그런데도 동료를 짓밟아 앞서려 하고
사회적 약자를 괴롭히는 사람이 있다.
그런 사람 대부분은 약자다.
자신을 지키는 방법을
본능으로밖에 표현하지 못하는

본능에 휘둘려 자기 통제가 안 되면
그저 짐승일 뿐이다.

모자 쇼핑

난 대머리다. 아버지를 쏙 빼닮았다.
그런 내 모습이 싫지는 않지만
썩 좋아 보이지도 않아서 모자를 쓴다.

처음엔 가발도 생각해봤는데 모자를 쓰기로 했다.
그래서 다른 사람보다 모자가 많기는 하다.
하지만 마음에 드는 건 별로 없다.

난 흔히 말하는 소두, 머리가 작아서
잘 맞는 모자를 찾기가 쉽지 않다.
그래서 월급을 타면 모자 쇼핑을 한다.
나한테 선물하는 셈 치고
'이번 달도 잘 해냈어.'라고 포상한다.

선물은 타인에게 하는 게 좋지만

가끔은 자신에게도 해야 사는 맛이 난다.

자신을 하대하면 남도 그렇게 한다.

과하게 꾸미라는 게 아니다.

자신을 위해 작은 투자를 하는 건

사치가 아니라 '호사'라고 부르자는 말이다.

요즘은 전철에서 신문을 보는 사람

구경하기 어려워졌다.

지금은 너 나 할 것 없이 스마트폰으로

세상을 들여다보고 있으니.

어디를 가든 수첩과 볼펜을 가지고 다녔다.

그래야 마음이 놓였다.

놓치고 싶지 않은 말이나 글귀를 대하면

얼른 안주머니에서 수첩을 꺼내 적었다.

지금은 북한 뉴스를 전할 때 김정은 위원장 수행원들이

그런 모습을 보여줄 뿐이다.

볼펜도 사라지고 돋보기도 사라질 판이다.

스마트폰 메모장에 적으면 되고

잘 안 보이는 작은 글자도 카메라로 찍어서

확대해 보면 되니 돋보기도 필요 없게 되었다.

문제는 스마트폰 활용 능력을 갖춰야 한다는 거다.

아무리 좋은 비서를 데리고 다니면 뭐하나.

써먹을 줄 알아야지.

그러지 못하면 비싼 장식품에 불과하다.

기능은 다양한데 사용하는 앱은 그리 많지 않다.

사람도 그런 것 같다.

아는 사람 많다고 다 연락하고 지내는 건 아니니까.

마음을 전할 수 있는 몇 사람이 내 삶의 앱인 거다.

몸이 상전

나이 들수록 몸이 말을 안 듣는다.
마음처럼 몸이 안 따라주니
몸을 상전으로 모신다.

'이 정도쯤이야.' 했던 것이
'이 정도일 줄이야.'라고 놀라고,

작은 상처나 뾰루지도 예전 같으면
아문 흔적도 없이 깨끗이 나았는데
지금은 상흔이 남는다.

나이를 생각해서 몸을 이해하고
체력을 하향 조정해서 산다.
더 좋아질 순 없으니까.

한때 유행했던 광고 카피 중에
"지금 필요한 건 뭐? 스피~드!"라는 게 있었다.
우리나라는 초고속 발전을 해서
지금에 이르렀다. 물론 과속으로 인한
부작용도 있었지만 그래도 살 만해졌다.

젊은이들은 비교할 만한 삶을 살아보지 못해서
지금의 삶이 당연하다고 여길지 몰라도
시대의 변곡점을 지나온 우리 세대는
지금이 얼마나 평온한 시절인지 감사할 따름이다.

그런데 시간이 너무 빨리 흐른다.
반복된 일상으로 기억되지 않아서
그렇게 느끼는 거라 해도 정말 너무하다.

이젠 서서히 나이 들고 싶은데.

나태주 시인의 시처럼
자세히 보아야 예쁘고,
오래 보아야 사랑스러운 법.

자세히 보고 오래 보면 시간이 멈추는 느낌이다.
시간을 천천히 보내는 좋은 방법이다.

선택의 다른 이름

매 순간 선택하고 산다.
눈길이 가는 것도 선택이고 눈길에 따라
마음이 움직이는 것도 선택이다.

한순간의 선택도 있고 장고하는 선택도 있다.
평생을 함께할 배우자를 선택하거나
공간에서 함께할 집과 가구의 선택하는 것,
산다는 건 선택의 연속.

하지만 선택의 다른 이름은 포기다.
갈등과 고민 끝에 '포기한 것'으로 말미암아
선택이 이루어지니까.

찰나의 선택에도

과거의 이력이 망라되고

손익과 유불리가 가려진다.

선택이 곧 삶의 여정이다.

약속한 날이 궂어서 미루자고 하면

이미 나이 들어 늙은 거다.

젊은이들은 날씨와 상관없이 만난다.

"야, 내일 비 온다고 하는데

꼭 비 오는 날 청승맞게 만나야겠냐?"

"오늘 아침 뉴스에서 그러는데

엄청 춥다고 하네. 영하로 떨어진대.

그러니 다음에 날 풀어지면 보자."

"폭염이래, 폭염. 너무 더워서 꼼짝 못 하겠어.

선풍기에서도 더운 바람이 나오는 것 같아.

날 좀 선선해지면 보기로 하지."

대화에 신선도가 떨어진다.

약속한 날에 천재지변이 안 일어나면

무조건 만나는 걸로 하자.

저승에서 만나면 뭐하나.

개똥밭에 굴러도 이승이 낫다는데

그러니 약속은 미루지 않기로.

인생 사계절

봄은 태어나서부터 학창 시절,

여름은 청춘의 계절이고,

가을은 삶이 영그는 시절이고,

겨울은 미래를 위해 봉사하는 계절.

난 아직 가을인지,

얼굴의 인상이 굳어서 주름이 생기고,

그 주름 속에 삶의 희로애락이 담긴다.

주머니는 비어도

마음은 허허롭지 않아야 하는데

글쎄,

자식 농사도, 자본도, 아직은 알 수 없다.

자식은 두고 볼 일이고 자본은 많이 부족해

자본주의 사회에서는 열등한 사람이지만,

그래도 위안 삼는 건

가을에 추억할 수 있는 이야기가 있다는 것,

치열한 삶의 현장에 있었다는 것.

사소한 일에 목숨 걸지 말라고 했지만,

예외가 있다.

작고 사소한 습관이

목숨을 위협할 수도 있기 때문이다.

바로 일기 쓰기와 양치질이다.

일기 쓰기는 영혼을 건강하게 만들고

양치는 치아를 건강하게 만든다.

이 글을 쓰는 동안에 치과에 다녔다.

임플란트를 무려 4개나 해야 한단다.

하지만 여건상 1개만 하기로 했다.

나는 젊어서 술 마시고 그냥 잠든 경우가 많았다.

그럴 때마다 일기도 못 썼다.

그래서 지금 엄청나게 후회하고 있다.

대단한 작가도 못 되었고, 이도 성치 않아서.

그러니 앞으로는

목숨 걸고 사소한 일에 매달려야겠다.

습관은 제2의 천성이라니.

휴일

직장인의 희망은 승진과 휴일인데,

승진은 수직의 점프로 내 마음대로 안 되고,

'열심히 잘하면' 말고도 플러스알파가 필요하다.

휴일은 달콤한 휴식과 리셋의 기회.

그래서 휴일을 기다린다.

주말이 다가오면 하고 싶은 목록이 늘어나지만,

적당히 쉬지 않고, 계획대로 뭘 많이 하다 보면

휴식이 아니라 혹사가 될 수도 있다.

일상을 떠난 무리한 활동은

일상으로 복귀하는 데 어려움을 준다.

적당히는 참 어려운 과제다.

너무 늘어지게 쉬어도 피곤하고

너무 잘 놀아도 피곤하니.

하루에 1만 보를 걸어야 좋다는 얘기를 듣고
휴대폰 만보기 앱을 설치했다.
며칠 체크해보니 나는 매일 거의 1만 보 이상 걸었다.
어쩌다 휴무가 있는 날 늘어지게 쉬다 보면
미치지 못할 때도 있긴 하지만.

그런데 그 후로 이상하리만치
만보기에 집착하게 되었다.
1만 보를 걷지 않으면
괜히 나한테 미안해지는 느낌이랄까.
아무튼 앱을 설치하기 전과 후의 나는 달라졌다.

만보기 앱에 얽매여 수시로 확인하는 게
멍청한 비서의 지시를 따르는 사장 같았다.

그래서 만보기 앱을 삭제했다.

좋은 게 뭐냐면,

1만 보에 집착하지 않게 되었다는 거다.

이제 내 걸음을 숫자화하지 않고 그냥 걷는다.

일상을 자꾸 목표화하면 목표를 달성하지 못할 때

나한테 미안해지고 자존감이 떨어지는데,

거기서 해방된 거다.

성직자가 아니어도 좀 살아본 사람들은

얕은 사람과 깊은 사람을 구분할 수 있다.

몰라서 조용한 사람과 알고도 조용한 사람이 보인다.

애쓰는 마음은 그냥 사라지지 않아서

손이 가는 남자는 눈길이 닿는 남자고

눈길은 사랑의 통로며 정이 흐르는 길입니다.

손이 가는 남자에게 오는 손은 대부분

마음씨 고운 여자인 경우가 많습니다.

손이 간다는 것은 미진한 부분을

완성하고자 하는 배려와 친절입니다.

고백하건대 저는 손이 많이 가는 남자입니다.

지금껏 살아온 방식과 전혀 다른 삶을 선택해서

좌충우돌 헤매는 중입니다(약간의 변명과 핑계지만).

그래도 다행인 것은 동료와 선배가

모두 이해심이 많아 도움의 손을 내미는 것입니다.

고맙기 그지없습니다(미안함이 먼저이긴 하지만).

애쓰는 마음은 그냥 사라지지 않을 거라 믿으며

단전에 힘을 주고 기도하며 이 글을 썼습니다.

간단명료하고 싶었는데

간단만 한 건 아닌지 걱정입니다.

마지막 페이지를 읽으며

얕은 한숨이 아니라 깊은 숨을 쉬며

미소 짓기를 바랍니다.

나는 밤의 청소부입니다

2021년 2월 15일 초판 1쇄 발행

지은이 김영빈
펴낸이 김상현, 최세현 **경영고문** 박시형

책임편집 최세현 **디자인** 박선향
마케팅 양근모, 권금숙, 양봉호, 임지윤, 이주형, 조히라, 유미정, 전성택
디지털콘텐츠 김명래 **경영지원** 김현우, 문경국
해외기획 우정민, 배혜림 **국내기획** 박현조
펴낸곳 (주)쌤앤파커스 **출판신고** 2006년 9월 25일 제406-2006-000210호
주소 서울시 마포구 월드컵북로 396 누리꿈스퀘어 비즈니스타워 18층
전화 02-6712-9800 **팩스** 02-6712-9810 **이메일** info@smpk.kr

쌤앤파커스(Sam&Parkers)는 독자 여러분의 책에 관한 아이디어와 원고 투고를 설레는 마음으로 기다리고
있습니다. 책으로 엮기를 원하는 아이디어가 있으신 분은 이메일 book@smpk.kr로 간단한 개요와 취지,
연락처 등을 보내주세요. 머뭇거리지 말고 문을 두드리세요. 길이 열립니다.